TARA DUNCAN

D'après la série littéraire Tara Duncan, de Sophie Audouin-Mamikonian,
publiée aux éditions du Seuil et Flammarion.

Une adaptation de Thomas Mariani,
d'après l'épisode *La sirène muette*, écrit par Christel Gonnard.

ISBN : 978-2-08-124150-3
Loi n° 49-956 du 16 juillet 1949 sur les publications destinées à la jeunesse.

Conception graphique et mise en pages : Frédérique Deviller

Tara Duncan

La sirène muette

Seuil
Flammarion

TARA DUNCAN
et l'équipe Alpha

TARA DUNCAN
Première de l'équipe Alpha

Tara a dix-sept ans. Elle est la petite-fille d'Isabella Duncan, sortcelière réputée, avec qui elle vit depuis que sa mère a disparu.
Elle est étudiante.

Jets de magie De couleur bleue.
Familier Galant, un Pégase haut de deux mètres et équipé de serres rétractiles.
Cristal portatif et Pierre Vivante

CALIBAN DAL SALAN,
dit Cal
Deuxième de l'équipe Alpha

Cal a dix-huit ans. Fils d'une famille de Voleurs Patentés, il est malin; farceur, il est le roi des gadgets. Il travaille dans un vidéoclub.

Jets de magie De couleur or.
Familier Blondin, un renard.
Cristal portatif Doté de rayons X permettant de voir à travers les murs.

GLORIA DAAVIL,
dite Moineau
Troisième de l'équipe Alpha

Moineau a dix-sept ans. Elle est l'arrière-arrière-arrière-arrière-petite-fille de la Belle et la Bête. Elle peut se transformer en monstre de trois mètres de haut. Elle travaille dans une animalerie.

Jets de magie De couleur rose.
Familier Sheeba, une panthère argentée.
Cristal portatif Connecté aux intelligences artificielles d'AutreMonde.

L'univers de

TARA DUNCAN

LA PLANÈTE AUTREMONDE

Située dans la galaxie du Pégase, la planète magique AutreMonde est composée de royaumes et d'Empires dirigés par des sortceliers qui sont dotés de pouvoirs magiques. Il en existe de différentes espèces : elfes, dragons, harpies, loups-garous, sirènes, salterens, tritons, Vampyrs, zombies…

Les Semchanach sont des sortceliers renégats qui ont renié les lois d'AutreMonde et qui viennent sur Terre pour voler des richesses ou des pouvoirs qui n'existent pas sur AutreMonde.

Les Guetteurs sont chargés de chasser les Semchanach. Le chef des Guetteurs et gardien de la Terre est le dragon bleu Chemnashaovirodaintrachivu, dit « Maître Chem ».

SUR TERRE

D'AutreMonde, on accède à la Terre par une porte de transfert. Sur Terre vivent les Nonsos, les humains « non sortceliers » à qui il faut cacher l'existence de la magie.

L'équipe Alpha – composée de Tara, Cal et Moineau – est sur Terre pour chasser et capturer les Semchanach. Ils vivent tous les trois à Rosemond dans un manoir avec leurs familiers, ainsi que Isabella Duncan, la grand-mère de Tara, et Manitou, son arrière-grand-père transformé en chien.

Contrairement à Cal et à Moineau, qui sont AutreMondiens, Tara a été élevée sur Terre et ne maîtrise pas très bien ses pouvoirs, tellement ceux-ci sont puissants.

Chapitre 1

Catastrophe !

« *Nous voici en direct des dernières répétitions de Madney Speer au Stadium Olympique de Rosemond, où elle se produira ce soir…* »

La suite du reportage télévisé est couverte par le cri de joie d'une cliente de la *Sorcière d'Argent*, café d'habitude pourtant paisible du centre de Rosemond. Il s'agit d'une jeune fille blonde aux grands yeux bleus qui change tout de suite de place avec le garçon assis à ses côtés afin de se trouver dans l'axe de l'écran. Tara ne veut rien manquer d'une répétition de sa chanteuse préférée. Une curieuse mèche blanche est ramenée sur le côté droit de sa chevelure.

En ce début d'après-midi, la *Sorcière d'Argent* compte peu de clients. Deux habitués sont accoudés au bar tandis que quelques adolescents sirotent leur jus de fruits ou leur soda, assis sur les banquettes chauffées par les rayons du soleil qui traversent les fenêtres.

« *J'iraiiiii… où tu voudraaaas…* » entame la célèbre Madney Speer sur le grand écran du café, aussitôt imitée, dans la salle, par la jeune fan.

Son voisin de table, un adolescent aux cheveux bruns, se bouche les oreilles. Cal n'en

revient pas : comment son amie Tara peut-elle chanter aussi faux ?

Et pourquoi faut-il que ce soit toujours du Madney Speer ?

Des semaines que ses deux meilleures amies, Tara et Moineau, n'ont que les chansons de cette fille à la bouche. À longueur de temps. Cal sature d'autant plus qu'il ne comprend pas l'engouement que suscite cette chanteuse. Si au moins Madney Speer tournait dans quelques films de cinéma, peut-être qu'il parviendrait à partager un peu la passion de ses deux amies. Le cinéma ! Voilà quelque chose qui a de l'intérêt !

Au grand soulagement de toutes les personnes présentes dans le café, Tara s'arrête de chanter mais ne quitte pas l'écran des yeux.

— Cal, tu as vu la chorégraphie ? s'extasie Tara. Et ce n'est qu'une répétition ! Imagine ce que ce sera ce soir au concert. J'ai hâte, j'ai hâte ! Tu viendras avec nous ?

— Sans façon, non. La chanson terrienne, ce n'est pas ma tasse de blé.
— *Thé*, Cal, ce n'est pas ma tasse de *thé*.

Cal hausse les épaules. Depuis qu'il est arrivé sur Terre avec Moineau pour rejoindre Tara et faire partie de l'équipe Alpha, une unité spéciale chargée de traquer et capturer les sortceliers renégats, il a toujours beaucoup de mal avec les expressions terriennes.

Soudain, à l'écran, un serpentin lumineux tout en paillettes orange s'enroule autour de la gorge de Madney Speer, avant de s'évaporer.
— Pas mal, l'effet lumineux ! reconnaît Cal, « fin connaisseur en effets spéciaux ».
— Ce n'est pas un effet lumineux, murmure Tara, j'ai un mauvais pressentiment…

La suite lui donne raison. Sur scène, Madney ne chante plus, elle se tient la gorge en poussant une sorte de râle désespéré. Son manager se précipite vers elle.

« *Un médecin ! Vite !* » crie-t-il.

À la *Sorcière d'Argent*, Tara est catastrophée.

— C'est une extinction de voix, commente un homme, assis non loin de la jeune fille.

— Vous ne la connaissez pas ! s'insurge Tara. Madney n'a jamais eu d'extinction de voix de toute sa carrière. JAMAIS !

— Et vous pouvez la croire, précise Cal à l'intention du client, vous avez devant vous la plus grande fan de Madney Speer !

— Pas besoin d'être fan pour savoir ça, bougonne Tara. Il suffit juste de suivre son parcours…

— Donc d'être un peu fan… conclut Cal, un sourire aux lèvres.

Tara n'a pas le temps de répliquer, que l'envoyé spécial au Stadium Olympique reprend la parole.

« C'est une catastrophe pour Rosemond ! Le manager de Madney Speer vient de nous annoncer que le concert de ce soir est pour

l'instant suspendu. Il faudrait maintenant un miracle pour qu'il ne soit pas purement et simplement annulé... »

Tara bondit de sa chaise en renversant tout son jus d'orange sur Cal. Cette histoire d'extinction de voix, elle n'y croit pas une seconde.

— Vite ! Il faut prévenir Moineau ! déclare-t-elle.

— Si tu permets, je vais d'abord passer au Manoir pour me changer, râle Cal en frottant son T-shirt trempé...

Tara l'attrape par le col et l'entraîne hors du café.

— Pas le temps ! Tu sécheras en route !

Quelques instants plus tard, Tara et Cal font irruption dans l'animalerie où travaille leur amie Moineau, le troisième membre de cette équipe Alpha qui protège la Terre de toute attaque maléfique.

— Moineau a de grandes dents ! Moineau a de grandes dents ! crie à tue-tête un cacatoès.

Moineau ne fait pas attention à l'oiseau, car elle a fort à faire avec un client que le trio connaît bien : Henri de Lachasse. Ce grand collectionneur d'animaux est obsédé par les bêtes les plus rares, voire par celles que personne n'a jamais vues « pour de vrai ». Licorne, loup-garou, griffon et autres créatures légendaires sont les trophées qu'Henri de Lachasse rêve de posséder. Car l'homme en est persuadé : ces animaux fabuleux existent ! Et un jour il le prouvera au monde entier !

Tara et Cal échangent un regard agacé. Que fait ce zigoto à l'animalerie ? Les deux amis ne portent pas particulièrement cet homme dans leur cœur. Même si l'individu n'est pas le plus redoutable des adversaires qu'ils affrontent régulièrement, Henri est un vrai casse-pieds qui, à plusieurs reprises, a manqué de faire échouer leurs missions par son obstination et sa capacité à résister aux sorts d'amnésie, les Mintus. Sans parler de ces fois où l'équipe

Alpha a dû intervenir en urgence pour empêcher le collectionneur de mettre la main sur une créature venue de la planète AutreMonde et égarée sur Terre.

Heureusement, les médiatiques et infructueuses expéditions qu'il fait chaque année en Écosse pour capturer le Monstre du loch Ness ont fait de lui la risée du monde scientifique et de la population de Rosemond. Personne n'écoute ses élucubrations et tout le monde se moque de lui.

— Mais puisque je vous dis que ça existe ! proteste l'homme.

— Je ne peux vous fournir aucun des animaux dont vous me parlez, répond Moineau. Et encore moins un yéti ! Ça n'existe pas ! assène-t-elle.

Moineau se mord la lèvre. Ce qu'elle vient de dire est un gros mensonge. Étant originaire d'AutreMonde, elle est bien placée pour savoir que les yétis existent bel et bien. Ces immenses bipèdes à fourrure épaisse vivent en meute dans les Montagnes du Tador, à la frontière avec la Krasalvie, le pays des Vampyrs.

— Moineau a de grandes dents ! Moineau a de grandes dents ! continue de jacasser le cacatoès.

Henri de Lachasse se contente de croiser les bras, marquant ainsi sa ferme intention de ne pas quitter les lieux tant qu'il n'aura pas obtenu satisfaction. Moineau se retient de ne pas le transformer en cafard.

— Voilà notre collectionneur du dimanche ! s'exclame Cal en s'approchant du comptoir. Encore en train d'importuner Moineau, à ce que je vois !

— Vous tombez bien, dit Moineau, soulagée que ses amis viennent faire diversion. Je n'arrive pas à lui faire comprendre que je ne vends QUE des animaux domestiques : chiens, chats, perruches…

— Moineau a de grandes dents ! Moineau a de grandes dents ! l'interrompt une nouvelle fois le cacatoès.
— … et des perroquets, ajoute Moineau. D'ailleurs, vous ne voudriez pas me débarrasser de celui-ci ? Voyez, le rouge vermillon de sa huppe en fait un spécimen très rare. Il est têtu et il parle tout le temps. Je suis sûre que vous vous entendrez très bien !
— Un yéti, sinon rien ! tranche catégoriquement Lachasse.
— Dans ce cas, ça sera… RIEN ! annonce Cal tout en se saisissant de l'importun par le col de sa vieille veste démodée.

Il le reconduit à la sortie et le lâche sur le pas de la porte.
— Hé ! Mais arrêtez, arrêtez ! Vous n'avez pas le droit ! Je sais que vous me cachez des choses. Chaque fois que je suis sur une piste, comme par hasard, vous êtes dans mes pattes.

Cette animalerie est louche ! Vous êtes tous louches et…

Les protestations du collectionneur n'y font rien. Cal lui claque la porte au nez.

— Moineau ! s'écrie Tara. C'est la cata ! Le concert de Madney est annulé !

— Quoi ? rugit son amie.

Moineau, sous le coup de l'émotion, se transforme en une créature poilue de trois mètres de haut, aux pattes griffues et à la mâchoire pourvue de crocs dont la seule vue suffirait à traumatiser le plus grand des requins blancs. Le cacatoès, qui venait d'ouvrir à nouveau son bec pour embêter la jeune fille, le referme aussitôt : Moineau a vraiment de trop grandes dents ! L'oiseau quitte son perchoir d'un coup d'ailes et s'engouffre dans la première cage venue dont il referme lui-même la porte dans un nuage de plumes, croisant les ergots pour que la bête n'ait pas une petite faim de cacatoès.

— Du calme, Moineau, du calme, dit Cal, c'est juste un concert…

Les deux fans de Madney le foudroient du regard, ce qui, venant d'une Moineau transformée, est assez intimidant. *Juste un concert ?* Ce garçon ne comprend décidément rien à la grande musique !

— Moineau, regarde ton cristal, demande Tara à son amie, je soupçonne une intervention magique.

Moineau respire un grand coup, se concentre et retrouve son apparence de jeune fille. C'est plus fort qu'elle. En ce moment, la moindre contrariété déclenche la métamorphose.

Cal regarde à travers la vitrine du magasin si un passant, ou, pire, le collectionneur, aurait été témoin de la scène. L'extraordinaire capacité de transformation que leur amie a héritée de ses ancêtres, la Belle et la Bête, est bien pratique en situation de combat, mais au quotidien c'est une menace permanente de révéler l'existence de la magie aux Nonsos – les humains dépourvus de magie.

Ouf! Ils ont eu de la chance. Henri de Lachasse est en grande conversation avec un officier de police au coin de la rue et n'a donc rien pu voir. Cal l'aperçoit qui fait de grands gestes, certainement afin de persuader l'agent des forces de l'ordre que l'animalerie cache un yéti ou une créature de ce genre. À la tête agacée que fait le policier, Cal en déduit qu'ils n'ont rien à craindre de ce côté.

Moineau consulte à son poignet le cristal dont dispose chaque Guetteur. Le sien a la particularité d'être connecté à différents réseaux, dont celui des capteurs de magie cachés un peu partout sur le globe. Le cristal se déplie en plusieurs cadrans. L'un d'eux est rapidement parcouru de tracés orange.

— Tu as raison, Tara! déclare Moineau. Le cristal me signale qu'un Derobus – un sort de détournement – a été lancé au Stadium

Olympique il y a une trentaine de minutes !

— Pendant la répétition de Madney… J'en étais sûre ! s'écrie Tara. C'est bien l'attaque d'un sortcelier. Certainement un Semchanach !

Tara serre les poings de colère. Pourquoi faut-il toujours que les Semchanach, ces sortceliers renégats recherchés par toutes les polices d'AutreMonde, se croient autorisés à venir sur Terre continuer leurs petits trafics ? Et cette fois-ci, « ils » ont osé s'en prendre à Madney !

— On file au Manoir, je dois consulter ma Pierre Vivante, déclare Tara sur un ton ne souffrant aucune objection, avant de sortir de l'animalerie en courant.

Moineau regarde Cal, qui se contente de hausser les épaules. Quand leur amie est surexcitée comme ça, rien ne l'arrête ! Moineau se dépêche de fermer le magasin et tous deux vont retrouver Tara.

Le départ précipité des trois amis n'échappe

pas à Henri de Lachasse, caché dans son véhicule tout terrain et très vexé de s'être fait renvoyer de la boutique comme un malpropre.

— Hé, hé… Toute la petite bande s'agite. Cette animalerie est louche, je l'ai toujours senti. Je ne vais pas les perdre de vue, ceux-là. Peut-être me guideront-ils à un spécimen intéressant ? En chasse, Lachasse ! ajoute le collectionneur en se frottant les mains.

Chapitre 2

Nouvelle attaque

Les trois amis se retrouvent dans le magnifique Manoir, propriété de la grand-mère de Tara, Isabella Duncan, sur les hauteurs de Rosemond. Qui pourrait imaginer que cette paisible demeure est le quartier général de l'équipe Alpha, le trio de jeunes sortceliers le plus craint par les Semchanach d'AutreMonde ?

C'est dans sa chambre que Tara consulte sa Pierre Vivante, un cristal géant translucide d'une intelligence et d'un savoir capables de remplacer le plus performant des ordinateurs. À ses côtés, Moineau et Cal échangent des idées pour interroger au mieux la Pierre Vivante. Il faut découvrir l'identité du voleur de voix. Le concert de Madney n'est plus que dans quelques heures. L'équipe Alpha a besoin d'une piste, et vite !

Pour l'instant leurs recherches n'ont rien donné, mais Tara décide d'une nouvelle approche.

— Et si on croisait deux mots ensemble : « VOIX + SORTCELIER » ? Voyons ce que ma Pierre Vivante trouve…

Cette fois, c'est gagné ! Un faisceau lumineux sort de la Pierre Vivante et projette l'image transparente d'une silhouette féminine dont les jambes se terminent par une queue. De longs cheveux roux ondulent dans l'eau. Ses yeux sont d'un gris perle étincelant.

— Cette sirène est magnifique ! s'exclame Tara.

— Splendide, susurre Cal, sous le charme.

Toutes les filles de la Terre lui semblent soudain très quelconques face à une telle beauté d'AutreMonde.

— Cette sirène est bien connue des sortceliers. Il s'agit d'Aquaphonis, leur apprend Moineau. Elle donne des récitals très réputés lors de la saison chaude sur AutreMonde.

— Quel est le rapport entre cette sirène et la voix de Madney ? s'étonne Tara.

— Peut-être est-elle jalouse de la voix de Madney… propose Moineau.

— Ce n'est pas très crédible comme mobile, proteste Cal.

Pour le jeune sortcelier, il est absolument impossible qu'une créature aussi magnifique puisse envier en quoi que ce soit une simple

humaine, même si cette dernière se nomme Madney Speer.

Tara ne sait trop quoi penser.

— Nous manquons d'informations. Il faut que nous apprenions plus de choses sur les sirènes, décide-t-elle.

Elle s'apprête à interroger la Pierre Vivante lorsqu'une nouvelle voix retentit dans la chambre.

— Sur AutreMonde, les sirènes chantent avant tout pour survivre, voilà l'information qu'il vous manque !

La voix appartient à un dragon aux écailles bleu et argenté qui surgit d'un tourbillon de lumière dorée.

Heureusement que la hauteur du plafond et la disposition du mobilier ont été pensées en prévision de telles apparitions !

— Maître Chem ! s'écrie Tara.

Le nouvel arrivant n'est pas un inconnu pour l'équipe Alpha. Depuis quelques mois, les gouvernements d'AutreMonde ont chargé le dragon Chemnashaovirodaintrachivu – Maître Chem pour les intimes – de coordonner et de superviser l'action des Guetteurs, ces équipes de sortceliers placés sur Terre à des endroits stratégiques pour garder secrète l'existence de la magie.

— Chanter pour survivre ? s'étonne Cal. Pourquoi ne pas jouer des castagnettes ? Les sirènes ne peuvent pas jeter des sorts comme tout le monde ?

— Seul leur chant cristallin leur permet d'hypnotiser et de repousser le Grand Orque, leur pire ennemi dans les mers d'AutreMonde, répond le dragon.

Tara réfléchit à voix haute.

— Si la sirène a besoin de la voix de Madney au point de la voler, peut-être est-ce pour remplacer la sienne, car Aquaphonis serait devenue… muette…

— Ce serait un comble pour une sirène, dit

le dragon, mais ton raisonnement se tient. Je suis arrivé moi aussi à la même hypothèse. Selon les lois d'AutreMonde, Aquaphonis n'a pas le droit de venir sur Terre et encore moins de commettre des vols. Votre mission consiste donc à la capturer et à me la ramener avant qu'elle ne se fasse remarquer par les Nonsos.

Maître Chem repart dans son tourbillon de lumière dorée, laissant l'équipe Alpha assez décontenancée.

— Capturer une sirène ? C'est facile à dire ! Elle peut être n'importe où dans l'océan ! proteste Tara.

— Autant chercher une anguille dans une botte de pain ! Très jolie anguille, d'ailleurs…

Moineau lève les yeux au ciel, consternée.

— *Aiguille* dans une botte de *foin*, le corrige-t-elle.

— Pff… boude Cal, vexé de s'être encore une fois mélangé les pinceaux dans les expressions Nonsos.

Soudain, le cristal de Moineau se met à sonner. Des faisceaux orange zèbrent à nouveau le cadran principal.

— Écoutez ! J'ai une bonne et une mauvaise nouvelle, annonce-t-elle. Je commence par laquelle ? Bon, la mauvaise, c'est qu'un sortcelier vient encore d'activer un Derobus. La bonne, c'est que le sort a échoué cette fois. La localisation indique que l'attaque a eu lieu au Pavillon des Arts, au bord de la côte.

— Le Pavillon des Arts ?

Un déclic se fait dans la tête de Tara. Le casting des chanteuses pour la « Nouvelle Étoile » a lieu là-bas. Les filles de la fac ne parlent que de ce concours !

— Un casting ? Autant dire un supermarché de voix ! Notre voleuse n'a plus qu'à se servir, conclut Moineau.

Cal se gratte la tête, signe que quelque chose le chiffonne.

— Ce n'est pas logique, dit-il. Le Derobus sur

Madney a fonctionné. Pourquoi alors la sirène aurait-elle besoin de voler une autre voix ?

Pour Tara, le temps de la réflexion est terminé. Ils ont une piste, alors place à l'action !

— Tu lui poseras toi-même la question ! lui répond Tara. Par le Transmitus, au Pavillon des Arts !

Avant que ses amis ne puissent dire quoi que ce soit, Tara lève les mains, et sa magie, d'un bleu étincelant, les fait disparaître tous les trois… pour mieux les plonger dans les poubelles situées à l'autre bout de la propriété, juste devant la grille. Voilà le problème quand on possède un pouvoir aussi puissant que Tara : si on se précipite, c'est la catastrophe assurée ! Cal est furieux.

— Tu l'as eu dans une pochette-surprise, ton permis de Transmitus ?

— Ah, ah, ah ! Très drôle ! rétorque Tara, vexée. Ça peut arriver à tout le monde ! Tu veux que je te rappelle la fois où tu…

— … Stop les chamailleries ! interrompt Moineau. Nous avons une sirène à rattraper. Par le Transmitus, au Pavillon des Arts !

Un jet de lumière rose sort des mains de la jeune fille et les englobe tous les trois avant de les faire disparaître… Non loin de là, dans sa Jeep, Henri de Lachasse enlève ses écouteurs et repose l'énorme micro à l'arrière de son véhicule. Et dire qu'il s'apprêtait à renoncer et à rentrer chez lui ! Un seul mot entendu dans la conversation des trois amis a suffi à changer tous ses plans et à exciter sa curiosité au plus haut point.

— Une sirène ? Ah, ah ! Je le savais ! Mon instinct ne s'est pas trompé : ces trois-là cachaient bien quelque chose. Une sirène ! Elle sera le joyau de ma collection. En avant pour la partie de pêche du siècle !

Henri de Lachasse démarre sa Jeep en trombe et s'élance en faisant crisser les pneus sur le bitume.

Le Transmitus dépose un peu brutalement l'équipe Alpha à destination. Les trois amis atterrissent le nez dans les gros buis qui décorent la montée des marches du Pavillon des Arts. Face à eux, l'océan s'étend à perte de vue.

— Désolée pour l'atterrissage, s'excuse Moineau.

Cal se relève en grognant.

— Allez, Cal, un peu de verdure n'a jamais fait de mal à personne, essaie de plaisanter Moineau.

Le jeune garçon n'est pas du même avis. Deux Transmitus ratés et douloureux coup sur coup, voilà qui commence à faire beaucoup pour cette mission ! Tout ça pour redonner sa voix à une chanteuse qu'il ne supporte pas, en plus !

Cal s'apprête à dévoiler le fond de sa pensée lorsqu'il aperçoit une foule de jeunes filles qui fait la queue sur le tapis rouge devant les marches du Pavillon des Arts. Toutes sont candidates au casting de la « Nouvelle Étoile » et attendent avec impatience que les portes s'ouvrent pour qu'elles puissent tenter leur chance. Devant autant de jolies filles réunies en un seul endroit, la mauvaise humeur du jeune sortcelier disparaît comme par enchantement.

— Pas mal, le comité d'accueil ! se réjouit-il.

L'équipe Alpha traverse le parterre d'arbustes et s'engage dans la montée des marches, provoquant quelques protestations outrées parmi les filles qui attendent.

Les bruits de voix attirent l'attention d'une des candidates, une grande fille brune qui pourrait être très jolie si les traits de son visage n'étaient pas aussi durs et hautains. Reconnaissant Tara, elle la pointe aussitôt du doigt !

— Ils vont essayer de nous passer devant ! crie-t-elle.

— Oh, non, pas elle ! gémit Tara. Sandra Leylock, la commère de la fac ! Avoir cette fouineuse sur le dos ne va pas faciliter notre mission…

Cal joue des coudes pour se frayer un chemin à travers la foule.
— Ne t'occupe pas d'elle, dit-il à Tara. C'est juste la fraise pourrie sur le gâteau.

Ils n'ont pas de temps à perdre. Il faut pénétrer dans le bâtiment le plus vite possible. La sirène peut s'attaquer à une nouvelle voix d'un instant à l'autre. Mais plus l'équipe Alpha progresse vers les portes du Pavillon des Arts, plus le mécontentement des candidates se fait entendre. Tout le monde est persuadé que Tara, Moineau et Cal cherchent à passer en premier. Les cris alertent un homme qui sort du bâtiment pour apaiser la foule.
— Mesdemoiselles, mesdemoiselles, du calme, s'il vous plaît. Je suis Alan Mounakian, l'organisateur du casting. Je vais m'occuper de ces resquilleurs.

L'homme s'interpose entre la porte et l'équipe Alpha.

— Il est inutile de chercher à tricher, jeunes gens. Le casting est complet ! Partez !

— Ce n'est pas pour tricher, se défend Tara, nous sommes là pour… Comment dire… Nous sommes là pour retrouver la voix de Madney Speer…

— Bien sûr ! s'exclame l'organisateur, ironique. Allez raconter vos salades ailleurs, je dois faire entrer les premières candidates. Je ne suis pas né d'hier, moi !

— Je confirme ! s'écrie Cal, prenant l'expression au premier degré. Vous êtes bien trop vieux, votre naissance doit remonter à un sacré paquet d'années !

Alan Mounakian, persuadé qu'on se moque de lui, fait signe à deux vigiles de venir l'aider.

— Raté, voilà les armoires à glace, soupire Tara. Merci de votre accueil, monsieur… On repassera…

Tara s'en va, entraînant Moineau dans sa course. En bas de l'escalier, Cal les rejoint à

contrecœur. Il serait bien resté dans la foule, seul garçon, parmi toutes ces filles. Il pousse un gros soupir de déception.

— Même si elles n'ont pas la beauté de la sirène, toutes ces Nonsos sont quand même très charmantes, marmonne-t-il.

Cal n'est pas le seul à regarder de loin la foule des candidates. Derrière les portes vitrées du hall d'entrée, une silhouette observe attentivement les premières élues qui entrent dans le Pavillon des Arts. Des jambes humaines ont remplacé sa queue, mais ses longs cheveux roux ondulent autour d'elle comme s'ils étaient toujours dans l'eau. La sirène Aquaphonis guette sa prochaine proie.

Chapitre 3

Comment piéger la sirène ?

— Je vous dis que ce casting est fait pour moi ! J'adore chanter, je peux gagner !

À l'écart du grand escalier du Pavillon des Arts, Tara a fini d'exposer son plan pour capturer Aquaphonis. Cal et Moineau échangent

un regard gêné. Participer au concours, le gagner afin de servir d'appât pour tendre un piège à la sirène, oui, c'est sûr, voilà qui pourrait constituer un plan parfait… à un petit détail près. Non, un gros détail ! Que Tara sache chanter correctement sans faire fuir son auditoire ! Tara est vexée du peu d'enthousiasme de ses amis.

— Dites tout de suite que je chante faux !

— Non, Tara, tu ne chantes pas faux. En fait, c'est pire ! ose lui répondre Cal.

Devant la tête toute rouge de Tara, furibonde, Moineau intervient immédiatement. La franchise en amitié, c'est bien, à condition d'y mettre un minimum de diplomatie !

— Tu vois, Tara, si on veut que le plan fonctionne, il ne suffit pas de bien chanter. Il faut chanter comme JAMAIS une sirène n'a entendu quelqu'un chanter. Et pour ça, je vais te donner un coup de pouce… un coup de voix ! ajoute-t-elle en souriant.

Moineau sort son livre de sorts et repère rapidement la page qui l'intéresse.

— Si ça vous rassure d'utiliser la magie, dit Tara tout en faisant la moue, je veux bien, mais je ne pense pas que cela soit nécessaire. Mon talent suffit.

— Comment peut-on avoir la prétention d'une diva alors qu'on n'en possède pas l'organe ? soupire Cal pour lui-même. Tu chantes comme une poêle, Tara !

Tout à coup, Moineau tend son livre à son amie en pointant du doigt la formule.

— Là, Tara, lis.

— Par le Vocalus, que ma voix de rossignol devienne rock and roll ! déclame Tara.

Un jet de magie rose jaillit de la jeune fille et s'enroule immédiatement autour de sa gorge avant de disparaître en un clin d'œil.

— *J'iraiiiiii… où tu voudraaaaas…* essaie aussitôt Tara.

Hélas ! le résultat est plus proche d'un ténor asthmatique que de Madney Speer.

Si Moineau réussit à se pincer les lèvres pour ne pas rire, Cal, lui, s'écroule de rire.

— Si ça ne marche pas pour la « Nouvelle Étoile », tu pourras toujours essayer des castings de films de science-fiction, hoquette-t-il.

Moineau invite son amie à ignorer Cal et à faire une nouvelle tentative.

— *J'iraiiiii... où tu voudraaaas...* essaie encore Tara.

Cette fois-ci sa voix semble directement sortie d'un synthétiseur. L'hilarité de Cal redouble. Tara trépigne sur place puis se calme, se concentre et...

— *J'iraiiii... où tu voudraaaas...* tente une nouvelle fois Tara.

Les rires s'arrêtent aussitôt.

Cal se redresse et regarde Tara chanter comme s'il l'entendait pour la première fois. Même si elle s'attendait à ce résultat, Moineau est elle aussi tombée sous le charme de cette voix pure, qui coule à l'oreille comme le chant d'une sirène.

— Qui disait que je ne chantais pas juste ? demande Tara, ravie de son petit effet.

— Je retire tout ce que j'ai dit. Ma vieille, tu chantes comme une diva ! s'exclame le garçon.

Tara est prête pour le casting. Plus rien ne peut l'arrêter. Déjà, elle s'élance vers le grand escalier du Pavillon des Arts, bien décidée à forcer le passage pour entrer. Moineau opte pour une tactique moins directe, après avoir murmuré deux mots à l'oreille de Cal, qui court prendre position sur le front de mer.

— Là-bas, crie Moineau aux autres filles faisant la queue, Madney Speer ! C'est Madney Speer !

C'est l'émeute. Tout le monde se bouscule et se rue contre la balustrade donnant sur l'océan en appelant « Madney ! » et en brandissant une photo pour obtenir un autographe de la star. Tara profite de la diversion et grimpe les marches quatre à quatre. Le temps que toutes les filles s'aperçoivent que la silhouette sur le front de mer n'est qu'un pauvre garçon et non Madney, Tara a pénétré dans le hall, ni vu ni connu.

À l'extérieur, toutes les filles se tournent vers Moineau, le regard noir, mais celle-ci s'éloigne déjà en leur faisant d'un air désolé un petit signe indiquant qu'elle s'est trompée.

Dans le hall, Tara a vite fait de repérer l'organisateur. Il est en train de vérifier les fiches d'inscription des premières candidates. Parmi elles, Sandra Leylock, qui fait son petit numéro de charme habituel.

Tara croise le regard d'un des vigiles qui leur a fait rebrousser chemin un peu plus tôt. Il semble la reconnaître. Pas un moment à perdre. La jeune fille se jette à l'eau et entame le dernier tube de Madney Speer.

— *J'iraiiiii… où tu voudraaaas…*

Tout le monde se fige, y compris le vigile, subjugué par cette voix si parfaite. Sans s'arrêter de chanter, Tara approche à pas chaloupés de l'organisateur du casting, qui sous l'émotion lâche la fiche de Sandra. Cette dernière lui fait comprendre son indignation d'être traitée de la sorte, mais l'homme ne l'écoute pas. Il cherche fébrilement dans sa mallette une liasse de papiers, qu'il brandit en courant vers Tara.

— Mademoiselle ! Mademoiselle ?... Votre voix... Cette voix... Quelle émotion... Voici un contrat... Nom et signature et je fais de vous la Nouvelle Étoile... En bas, à droite.

De l'extérieur, Cal a assisté à toute la scène, le visage collé à la grande fenêtre plusieurs mètres au-dessus de l'entrée. Se hisser aussi haut par l'escalade à main nue est un jeu d'enfant pour quelqu'un comme lui qui a étudié de nombreuses années à l'Université des Voleurs Patentés sur AutreMonde.

— Alors ? crie Moineau restée en contrebas. Qu'est-ce que cela donne ?

Cal lâche ses prises et, après une pirouette parfaite, se réceptionne au sol avec la souplesse d'un félin. Moineau lève les yeux au ciel, car elle n'est pas dupe. Cette cascade inutile n'a pas d'autre but que d'attirer l'attention du groupe de filles qui sort du bâtiment.

— Le plan se déroule comme prévu, répond le jeune sortcelier, feignant de ne pas entendre les murmures admiratifs qu'a suscités son acrobatie. Je crois que Tara vient de gagner le concours avant même que celui-ci ne commence. Maintenant qu'elle est dans la place, il ne reste plus qu'à attendre qu'elle nous fasse entrer pour tendre notre piège à la sirène.

Dans le hall du Pavillon des Arts, Tara termine de parapher à toute vitesse les pages d'un contrat qu'elle n'a même pas pris le temps de lire.

— Et MON casting ! s'étrangle Sandra, qui n'en revient pas.

Tara a juste le temps de signer la dernière page avant que l'organisateur ne crie à la foule de candidates de rentrer chez elles puisqu'il a déjà trouvé « sa » Nouvelle Étoile, et qu'elle se nomme… – il lit la signature… – « Tara Duncan ».

— Moi aussi, j'ai trouvé ce qu'il me faut, car cette Tara Duncan a une voix en or !

Aquaphonis affiche un sourire satisfait. Cachée derrière le logo géant en carton-pâte de l'émission la « Nouvelle Étoile » trônant au milieu du hall, la sirène n'a rien manqué de la prestation de cette fille blonde à l'étrange mèche blanche. Il est temps pour elle de passer à l'action. Elle lève les mains pour préparer un Derobus.

Alan Mounakian attrape Tara par le bras et l'entraîne dans le dédale des couloirs menant à la salle d'enregistrement. Derrière

eux, le vigile s'interpose, bloquant le passage de toute sa corpulence et interdisant à quiconque de les suivre. La sirène ne sourit plus, elle n'a pas été assez rapide pour lancer le sort. Sa proie vient bêtement de lui échapper. Il faut à tout prix qu'elle retrouve cette humaine à la voix parfaite ! Mais par où passer sans se faire trop remarquer ? Aquaphonis se souvient d'avoir aperçu que l'entrée des cuisines derrière le bâtiment n'était pas surveillée. Elle quitte le hall par la porte de derrière, provoquant l'émerveillement des humains qu'elle croise, persuadés d'avoir affaire à une comédienne en costume.

Dans le hall, toutes les candidates présentes restent abasourdies par l'annonce de l'annulation du casting. Sandra est la première à protester. Elle trépigne sur place.

— Elle a triché ! Je la connais, elle est nulle en chant ! Elle a triché, j'en suis sûre ! hurle-t-elle, avant de s'apercevoir que les autres candidates la regardent comme une bête curieuse, voire une dérangée.

L'effet est immédiat. S'il y a bien une chose que Sandra Leylock redoute plus que tout, c'est le ridicule. La jeune fille se redonne une contenance et essaie de se justifier comme elle peut.

— Je suis sûre qu'elle a triché, répète-t-elle, car cette fille, cette Tara, elle est… Hum… Elle est une sorcière, ou quelque chose dans le genre…

Les autres filles passent leur chemin en lui faisant bien sentir qu'elle devrait songer à aller consulter, ce qui augmente encore plus la fureur de Sandra.

Il est hors de question pour elle de laisser Tara s'en tirer aussi facilement. Profitant de l'inattention du vigile, occupé à calmer certaines candidates ulcérées de n'avoir pas pu passer le casting, Sandra se faufile par une porte de service et prend elle aussi la direction de la salle d'enregistrement.

Depuis que cette Tara Duncan s'est inscrite à la faculté, il y a plusieurs mois, Rosemond est devenu le théâtre de manifestations étranges, mais personne ne veut croire Sandra lorsqu'elle en accuse Tara. Même son père, richissime homme d'affaires qui d'habitude lui passe tous ses caprices, commence à douter de la santé mentale de sa fille chérie. Sans parler du fait que Tara lui tient tête régulièrement devant les autres étudiants, chose que jamais personne n'a osé faire auparavant ! Pour l'instant, Tara a très peu d'amis à Rosemond High, mais, Sandra en est persuadée, si elle la laisse faire, bientôt « la sorcière » sera plus populaire qu'elle. Inacceptable !

Toute concentrée à ruminer aigreur, colère et vengeance, Sandra ne remarque pas qu'elle a ouvert une brèche dans le périmètre de sécurité du Pavillon des Arts et que d'autres filles l'ont suivie.

Pendant ce temps, Henri de Lachasse gare

sa Jeep sur le front de mer, tout près du Pavillon des Arts. Le collectionneur est au comble de l'excitation. Une sirène à Rosemond ! Voilà une occasion comme il en a attendu toute sa vie. L'enjeu est énorme. Grâce à cette prise, les habitants de Rosemond le prendront enfin au sérieux. Fini les rires et autres moqueries qui le poursuivent depuis ses expéditions au loch Ness !

Il faut qu'il reste concentré. Un bon chasseur doit être capable d'anticiper les mouvements de sa proie. Où peut-il s'installer pour être sûr de l'attraper ? Il y a deux possibilités : soit la sirène est déjà à terre, soit elle est encore en mer. Dans les deux cas, elle devra forcément repasser par la plage.

« La plage ! » Voilà l'endroit idéal pour se mettre à l'affût.

Tout content de son raisonnement, Lachasse s'empresse de déballer son matériel de pêche accroché au toit de sa Jeep. Dans la précipitation, il relâche trop vite l'une des sangles. Son équipement bascule du véhicule et lui tombe dessus, sous les rires des jeunes candidates qui quittent le casting. Enseveli sous son matériel, le collectionneur enrage. Quand donc cessera-t-on de se moquer de lui ?

À l'intérieur du Pavillon des Arts, Tara est déjà beaucoup moins sûre d'elle. Se retrouver seule sur scène, sous les projecteurs, devant des caméras et des photographes, face à une salle remplie de professionnels de la musique, a de quoi l'intimider quelque peu, toute sortcelière qu'elle est.

L'organisateur se démène comme un beau diable pour que tout soit prêt pour le premier enregistrement de sa nouvelle recrue. C'est le plus beau jour de sa carrière, il en est convaincu.

Tout est maintenant en place. Il fait signe au régisseur de lancer le top départ.

— « J'irai où tu voudras » par Tara Duncan.

Tout le monde est prêt ? 5, 4, 3, 2, 1, musique ! crie le régisseur.

Les lumières se mettent à tournoyer autour de Tara, l'isolant du reste du monde pendant que les haut-parleurs de la salle diffusent l'introduction musicale du tube de Madney Speer. À ce moment précis, Tara oublie les raisons qui l'ont amenée sur cette scène : la sirène, la mission, ses amis qui attendent dehors… tout disparaît. Seule reste la joie de vivre enfin l'un de ses rêves inavoués : devenir chanteuse. La jeune fille voudrait que ce moment dure toute sa vie… mais ce ne sera hélas le cas que quelques secondes.

Sandra Leylock pénètre dans la salle de spectacle transformée en studio d'enregistrement et, à la vue de Tara s'apprêtant à chanter, son sang ne fait qu'un tour. « Mais c'est MOI qui devrais être sous le feu des projecteurs, pas elle ! »

— Tu n'es qu'une sale tricheuse !

Sandra saute sur scène et se précipite sur Tara pour lui arracher tout ce qui lui tombe sous la main : micro, cheveux, vêtements…

— Coupez ! Coupez ! hurle l'organisateur avant d'être lui-même assailli par les autres candidates qui ont suivi Sandra.

La salle de spectacle devient le théâtre de la confusion la plus totale. Appelant ses assistants à l'aide, Alan Mounakian bondit par-dessus les rangées de fauteuils, pourchassé par plusieurs jeunes filles. Certaines le supplient de leur donner une chance. D'autres vont jusqu'à le menacer. Toutes mettent l'acoustique de la salle à rude épreuve avec leurs cris.

Sur scène, Tara refuse de lâcher prise. Personne ne lui volera son rêve ! Les deux jeunes filles perdent l'équilibre et roulent au sol en continuant à se disputer le micro sous les projecteurs. Les techniciens qui sont aux lumières ne veulent pas louper une miette du spectacle.

Pour une fois qu'il y a de l'action pendant un casting de la « Nouvelle Étoile » !

Mais un des faisceaux lumineux se fige sur le fond de la scène. Une somptueuse créature vient de faire son entrée. Elle est d'une beauté incomparable. Les éclats de nacre et autres pierres précieuses qui ornent son buste scintillent de mille feux. Ses longs cheveux roux ondulent au rythme de sa démarche. Le lourd talisman autour de son cou renvoie la lumière des projecteurs comme un miroir, attirant l'attention de tous les Nonsos présents.

Dans la salle, le calme revient d'un coup, chassant le climat d'hystérie qui régnait quelques secondes auparavant. Seule Sandra continue de s'acharner sur Tara. Malgré l'empoignade, la jeune sortcelière aperçoit la nouvelle venue et reconnaît la sirène que lui avait montrée la Pierre Vivante. Le ceinturon de la femme, portant les armoiries d'Autre-Monde, ne permet aucun doute sur son identité : c'est Aquaphonis ! Tara retrouve ses esprits. Elle abandonne le micro à Sandra, mais celle-ci est trop déchaînée et continue la lutte, immobilisant Tara de tout son poids.

— Sandra ! Stop ! crie Tara. J'abandonne, lâche-moi, elle va nous attaquer !

Mais il est trop tard pour calmer Sandra, tellement elle est aveuglée par la rage.

Tara regarde, impuissante, la sirène tendre ses mains en avant pour lancer un sort.

— Par le Derobus ! crie Aquaphonis.

Ses mains se parent d'une vive lumière orange dans un nuage pailleté. Un serpent lumineux en jaillit et s'élance dans les airs.

Droit sur la gorge de Tara.

Chapitre 4

Henri, ce boulet !

Le sort lancé par Aquaphonis s'enroule autour de la gorge de Tara avant de revenir frapper le talisman que la sirène porte autour du cou. La pierre du collier scintille d'une lumière émeraude, signe qu'elle a bien stocké la voix dérobée. La voleuse ne demande pas son reste et quitte très vite la salle.

Tara est catastrophée. Non seulement son plan a échoué, mais en plus des dizaines de Nonsos viennent d'assister à une manifestation magique. Il faut vite intervenir avant que quelqu'un sorte de la salle pour aller raconter ce qu'il a vu. Dans un accès de rage désespéré, Tara réussit à se relever et à renverser Sandra. Les mains libres, elle incante.

— Par le… le Mintuuuus.

Sa voix s'enraie avant de s'éteindre complètement. Heureusement, ces quelques mots suffisent pour lancer le sort d'amnésie. Une explosion de lumière bleue atteint tous les témoins présents et leur fait oublier les dernières minutes qui viennent de s'écouler.

Tara en profite. Elle bondit en bas de la scène et s'élance à la poursuite de la sirène.

Chacun se regarde en se demandant ce qui vient de se passer. Sandra, le dos endolori, sonnée par sa chute et par le Mintus, croit être revenue quelques années en arrière lorsqu'elle faisait du judo à l'école. Elle se met à saluer tout le monde en basculant le buste en avant comme après un combat. Au bout d'une dizaine de saluts, la jeune fille réalise que personne ne porte de kimono et qu'elle est en train de se ridiculiser pour le restant de sa vie.

Dehors, les deux Guetteurs sont loin d'imaginer la tournure désastreuse qu'a prise leur mission. Cal et Moineau attendent que Tara les fasse entrer. Moineau commence un peu à s'inquiéter. Tara aurait dû déjà les contacter. Elle décide de faire le tour du Pavillon des Arts, afin de se cacher pour utiliser son cristal. Cal, quant à lui, ne semble guère pressé de reprendre la mission. Il est en pleine conversation avec les quelques filles témoins de sa démonstration de cascadeur tout à l'heure. Il espère bien avoir le temps d'obtenir leur numéro de portable.

Moineau ne sait pas ce qui l'agace le plus : les gloussements de ces pimbêches ou les allures de séducteur qu'aime se donner son ami.

Une fois derrière le bâtiment, elle s'assoit sur une marche sans faire attention à la Jeep garée près de la plage. Elle ouvre son cristal pour contacter Tara.

Mais Tara n'a pas le temps de répondre à l'appel. Elle file comme une fusée à travers les couloirs, dévale l'escalier quatre à quatre, slalome entre quelques candidates encombrant encore les différents sas du Pavillon et fonce vers la sortie sud, celle qui donne côté mer. La sirène va forcément essayer de s'échapper par là. Tara doit à tout prix rattraper Aquaphonis avant qu'elle atteigne l'océan.

La voleuse apparaît dans sa ligne de mire, tout au bout d'un couloir. Par réflexe, Tara essaie de lancer un sort mais, sans voix, aucune magie n'est possible.

Aquaphonis se retourne au bruit de la course de Tara. Se voyant poursuivie, la sirène accélère et atteint la porte de sortie avec suffisamment d'avance pour pouvoir espérer se réfugier dans l'eau.

À l'extérieur, devant la sortie, elle aperçoit une jeune humaine qui manipule un cristal. Une Guetteuse ! Aquaphonis n'hésite pas une seconde.

— Par le Paralysus ! lance la sirène.

Au son de la voix de Madney Speer, Moineau se retourne, mais il est déjà trop tard. Le jet la frappe de plein fouet et la paralyse. La jeune sortcelière se retrouve immobilisée, pliée en deux, le bras en l'air, et regarde, furieuse et impuissante, la sirène qui lui passe sous le nez.

— Tu me le paieras ! Espèce de… Espèce de poisson pané !

La sirène n'a que faire de l'insulte, elle contourne le bâtiment et file vers la plage. L'eau n'est plus qu'à quelques mètres.

Elle saute par-dessus le parapet et atterrit sur le sable. La marée est haute. Elle y est presque ! La voleuse accélère encore sa foulée, se prépare à plonger… lorsqu'une corde s'enroule autour d'elle avant d'emprisonner ses bras et ses jambes. Aquaphonis chute à quelques mètres du sable mouillé.

— Je l'ai eue ! hurle une voix masculine. Je l'ai eue !

Henri de Lachasse saute du toit de sa Jeep. Tout en tenant fermement la corde au bout de laquelle la sirène se débat avec énergie, il se saisit d'un fusil à balles en caoutchouc qui est accroché à son sac à dos, au cas où la créature l'attaquerait. Il avance vers sa prise.

— Doucement, ma belle, ne te blesse pas. Ce n'est pas tous les jours que je pêche au lasso, ah, ah !

— Laissez-moi tranquille ! s'énerve la sirène. Je dois aller retrouver quelqu'un dans la baie. C'est une question de vie ou de mort !

— Oh, non, corrige Henri, c'est une question de revanche et de gloire.

Le collectionneur ne veut rien écouter et tire encore plus fort pour resserrer le nœud coulant emprisonnant sa proie.

Les membres ainsi entravés, la sirène ne peut utiliser aucun sort de défense ou d'attaque pour se dégager du piège. Il ne lui reste qu'à affronter les Guetteurs plutôt qu'un Nonsos dont elle ignore tout mais qui lui semble passablement excité et dangereux.

— Par l'Inversus ! commande-t-elle au talisman.

Un échange magique opère entre sa gorge et la pierre du talisman. La captive décide alors d'appeler à l'aide, cette fois-ci avec la voix de Tara.

— Au secours ! Lâchez-moi ! On m'attaque ! Au secours ! Laissez-moi retourner vers ma fille !

Non loin de là, Cal ne peut qu'entendre l'appel d'une voix qu'il croit être celle de son amie.

— Tara ? J'arrive !

Il abandonne les filles sans même leur dire au revoir et fonce vers la plage avec la détermination d'un chevalier se portant au secours de sa princesse.

Dans sa précipitation, il ne voit pas surgir au détour d'un palmier un étrange équipage composé de Tara portant Moineau sur son dos. Le choc est brutal, et les trois amis se retrouvent à terre.

Cal se relève étourdi et met quelques instants avant de comprendre pourquoi Tara lui fait de grands signes avec ses mains alors que Moineau reste au sol dans une position très bizarre.

— Si ce n'est pas toi, Tara, qui appelles de là-bas, déduit le jeune sortcelier, c'est donc… que la sirène a volé ta voix, et toi, Moineau, elle t'a pétrifiée !

— Quelle déduction ! ironise Moineau. Tu veux bien m'aider à me relever et…

Les appels à l'aide retentissent à nouveau de la plage. Cal se relève aussitôt et jette un œil par-dessus le parapet. Le spectacle de la sirène attrapée par Henri de Lachasse lui fait pousser un soupir fatigué.

— Les filles ? Vous n'allez pas aimer ce que je vois. Mais alors, pas du tout !

Quelques secondes plus tard, l'équipe Alpha est descendue à son tour sur le sable.

— Qu'est-ce que je vous avais dit ! Encore ce boulet !

Henri de Lachasse se retourne et reconnaît les trois jeunes gens : la jeune vendeuse de l'animalerie est portée par le garçon qui vient de le traiter de « boulet » ; quant à la fille blonde, elle s'approche de lui à grandes enjambées. Le collectionneur brandit son arme défensive dans sa direction.

— Pas un pas de plus, les amateurs ! Merci pour le bon plan, mais laissez travailler les professionnels !

— Un professionnel ? s'écrie Moineau. Vous ignorez à qui vous avez affaire !

— Vous croyez être les seuls à savoir reconnaître une sirène ? Certes, elle n'a pas de queue de poisson lorsqu'elle est sur la terre ferme, mais une telle beauté ne peut pas être humaine ! N'essayez pas de m'emberlificoter, j'ai l'œil ! Grâce à elle, ajoute-t-il en désignant la sirène de la pointe de son fusil, ma célébrité est faite !

Tara s'avance vers l'homme et le menace de son poing tout en l'invectivant, sauf qu'aucun son ne sort de sa bouche. Pour toute réponse, Henri l'imite en faisant « Gnangnangnan… ».

— Laissez-moi partir ! Je dois retrouver ma fille ! supplie la prisonnière au bord de l'eau.

— Et Tara doit retrouver sa voix, lui répond Moineau.

— Et moi le respect des habitants de Rosemond, tranche Lachasse. Éloignez-vous, ou je tire !

C'en est trop pour Tara. Elle fait un signe discret à Cal en lui montrant la Jeep. Le jeune sortcelier lui renvoie un clin d'œil.

— Par le Levitus ! crie-t-il en projetant son jet de magie doré sur le véhicule.

La surprise de voir sa Jeep s'élever dans les airs est telle que le collectionneur en lâche son arme. Tara profite de cette diversion pour le plaquer au sol et lui arracher son sac à dos. La confrontation avec Sandra a été un bon entraînement pour Tara, qui prend vite le dessus, d'autant qu'Henri ne se défend que d'une main, la seconde refusant de lâcher la corde qui retient la sirène.

Cal se tourne alors vers Moineau afin de lui rendre son autonomie.

— Par le Mouvus !

Le jet doré frappe Moineau et la délivre de sa paralysie.

Au même moment, le Levitus de Cal se dissipe et la Jeep retombe à cheval sur le parapet

délimitant la plage. Le véhicule oscille un court instant avant de basculer et de s'écraser en contrebas, les roues en l'air, dans un grand bruit métallique.

— Ma Jeep ! crie Lachasse.

La stupeur lui fait lâcher la corde. Aussitôt, la sirène se contorsionne dans tous les sens et roule dans les vagues.

— Tara ! La sirène ! Elle s'enfuit ! crie Moineau.

Trop tard ! Au contact de l'eau, les jambes de la créature sont redevenues queue. D'un seul coup de queue, Aquaphonis fausse compagnie à l'équipe Alpha dans une gerbe d'écume.

Quelques secondes plus tard, les derniers liens qui entravaient les membres de la sirène remontent à la surface, dénoués.

Chapitre 5

La chasse à la sirène

Moineau finit de saucissonner Henri de Lachasse, qui fulmine de s'être fait avoir par ces casse-pieds. Tara fait les cent pas sur le bord de mer. Leur mission est très compromise. Maintenant qu'ils ont laissé filer la seule occasion qu'ils avaient de capturer la sirène sur la terre ferme, ils vont devoir partir à sa poursuite dans l'immensité de l'océan.

Moineau prend la direction des opérations.

— Je me charge de nos équipements de plongée Cal, à toi de jouer pour le bateau.

Elle ouvre son cristal et y sélectionne du matériel de plongée, qui prend forme sur le sable. Cal de son côté fouille dans sa poche et sort plusieurs moyens de transport miniatures. Parmi eux, il choisit un hors-bord et le lance au-dessus de l'eau tout en activant un sort de transformation. Au moment où le jouet touche la surface de la mer, il prend sa taille réelle.

Tara n'attend pas une seconde. Elle se saisit des combinaisons, des bouteilles et des casques de plongée. Elle saute dans le bateau, qu'elle démarre. Ses deux amis ont juste le temps d'embarquer avec elle avant que le hors-bord ne s'élance vers le large, abandonnant le collectionneur emmailloté sur le sable.

Du bateau, Moineau lance un Mintus sur Henri tout en se faisant peu d'illusions sur son efficacité. Henri, tout comme Sandra Leylock, fait partie de ces Nonsos qui sont naturellement immunisés contre les sorts d'amnésie. Au mieux, les Mintus parviennent à brouiller leurs souvenirs, mais jamais à les effacer complètement.

Henri de Lachasse secoue la tête pour chasser toutes les petites étoiles qui dansent devant ses yeux. Il regarde autour de lui.

Que fait-il ici, déjà ? Un fusil à balles en caoutchouc est à moitié enfoui dans le sable. Un peu plus loin, des restes de corde sont battus par les vagues. Et, surtout, sa Jeep est sur le toit avec toutes ses affaires éparpillées sur la plage. Toutes ses affaires ou presque. Il manque son sac fétiche ! Où est passé le sac qui le suit dans toutes ses expéditions ? Sur le hors-bord, Moineau vient de prendre les commandes afin de laisser Tara et Cal, qui sont meilleurs nageurs qu'elle, enfiler leur combinaison.

Une fois au milieu de la baie, la jeune fille arrête le bateau et se tourne vers ses amis.

— Quelqu'un a une idée pour attirer la sirène ? demande-t-elle. Cal ? Attirer l'attention des filles, c'est ta spécialité, non ?

— Très drôle, bougonne le garçon tout en fouillant dans le sac qu'il a subtilisé sur la plage à Henri de Lachasse.

Cal espère qu'il contienne un ustensile pouvant se révéler utile dans leur chasse à la sirène. Le jeune sortcelier se gratte la tête, comme chaque fois que quelque chose le chiffonne : il n'a rien trouvé d'intéressant, sauf ce boîtier sombre dont il ignore la fonction. L'objet paraît étanche et ressemble à un petit haut-parleur.

Tara l'arrache des mains de son ami et bondit de joie, comme si elle venait de découvrir un diamant dans un sac de cailloux. Ses deux amis la regardent leur faire de grands signes sans parvenir à comprendre à quoi peut bien servir cet objet insolite. Tara cesse de s'agiter, respire calmement et décide de reprendre ses explications gestuelles depuis le début. Elle fait signe à Cal de siffler avec ses doigts.

— Tu veux que je siffle Aquaphonis ? demande Cal, surpris. Je suis un gentleman, enfin ! Et puis sous l'eau, avec nos scaphandres à casque, je ne vois pas comment...

Tara agite les mains pour lui dire qu'il se trompe. Elle prend le boîtier et fait mine de siffler dedans.

— Bien sûr ! s'exclame Moineau, qui finit enfin par comprendre. Pourquoi ne l'ai-je pas reconnu plus tôt, j'en ai déjà vu à l'animalerie. Il s'agit d'un appeau électronique amplifié qui permet au chasseur d'attirer sa proie en imitant son cri.

Tara fait ensuite le geste de bercer un enfant. C'est au tour de Cal de comprendre.

— Ah ! oui, bien sûr. Aquaphonis nous a parlé de sa fille ! En programmant le cri du bébé de la sirène dans l'appeau, nous pouvons l'attirer à nous. Voilà ton plan, Tara ! C'est bien ça ?

Tara s'éponge le front, soulagée d'avoir pu se faire comprendre. Elle s'assoit sur le rebord du bateau, imitée par Cal. Les deux plongeurs fixent leur casque de plongée sur le haut de leur combinaison. Un bruit de succion leur indique que tout est étanche et que l'oxygène est bien distribué dans le casque par leurs bouteilles. Moineau porte le cristal à sa bouche, comme un micro, pour tester leur système de communication.

— Encore faudrait-il qu'Aquaphonis soit vraiment maman, entendent Tara et Cal dans leur casque. Si ça se trouve, c'était une feinte de sa part pour nous amadouer.

Tara hausse les épaules. C'est leur seul plan. Ils n'ont donc rien à perdre. La jeune fille part en arrière, basculant dans la mer, suivie par

Cal, qui tient fermement l'appeau contre lui.

Moineau jette l'ancre puis s'installe confortablement pour suivre sur le cadran de son cristal l'évolution de ses deux amis sous l'eau.

Tara et Cal ont gagné les profondeurs de la baie de Rosemond et se faufilent entre deux rochers. Cal ouvre son cristal et cherche dans la banque de données sonores un échantillon du cri d'un bébé sirène. Une onde sort du cristal et se retrouve démultipliée par l'appeau. L'appel du bébé sirène se propage immédiatement dans toute la baie.

Cal et Tara se tapissent derrière un rocher et guettent le moindre mouvement.

— Qu'est-ce que ça donne ? demande Moineau, toujours dans le hors-bord.

— Pour l'instant, rien, soupire Cal. Je ne suis pas sûr que la maman sirène morde à l'appeau.

— On dit mordre à l'*appât*, Cal ! relève Moineau.

— Je sais bien, se défend Cal, je faisais juste un jeu de mots. Pour une fois que je maîtrise une expression terrienne, je trouve que tu…

Moineau ne le laisse pas terminer, son cristal s'est mis à clignoter.

— Attention, les amis ! Vous avez de la visite ! Quelqu'un ou quelque chose s'approche de vous droit devant.

Cal et Tara scrutent les profondeurs sous-marines et aperçoivent une masse sombre qui grossit petit à petit.

— La voilà ! se réjouit Cal.

Le sourire du garçon se fige. En guise de sirène, cinq mamans dauphins, accompagnées de leurs petits, pénètrent dans leur zone, répondant à l'appel. Cal veut sortir de sa cachette pour leur dire de s'éloigner, mais Tara le retient : une sirène arrive dans le sillage des mammifères marins. Elle est facilement reconnaissable au talisman autour de son cou, qui émet cette belle lumière émeraude. C'est au tour de Cal de retenir son amie alors qu'elle veut se précipiter sur leur adversaire.

— Laisse-moi faire, lui demande Cal. Par le Recuperatus !

Le jet de magie du sortcelier prend Aquaphonis par surprise et la frappe à la gorge, avant de revenir s'enrouler autour de Tara.

La sirène fait aussitôt demi-tour et disparaît dans les profondeurs.

Tara exulte de joie.

— Ma voix ! J'ai récupéré ma…

La jeune fille s'arrête de parler, horrifiée : c'est la voix de Madney Speer !

— Tu n'as pas récupéré la bonne voix ! crie-t-elle à Cal.

— Ce n'est pas ma faute ! proteste son ami. Je ne pouvais pas deviner qu'elle avait changé de voix avec celle qui était dans le talisman !

Moineau, sur son bateau, rit aux larmes.

— Tara avec la voix de Madney ! C'est la meilleure ! Il ne te reste plus qu'à te produire au Stadium Olympique tout à l'heure.

Tara ne partage pas du tout cet avis. Elle n'a aucune envie de prendre le risque de monter à nouveau sur scène. L'expérience de la « Nouvelle Étoile » lui a suffi.

— Moineau ! Nos réserves d'oxygène diminuent, il faut se dépêcher. Par où est partie Aquaphonis ? demande Tara de sa belle voix de chanteuse.

Sur le bateau, Moineau reprend son sérieux et scrute le cadran de son cristal.

— Je suis en train d'analyser la trajectoire de la sirène en la comparant avec ce que notre cristal sait des fonds marins du coin, et je pense pouvoir affirmer qu'Aquaphonis se dirige vers le vieux cargo qui a coulé au fond de la baie. C'est au nord-ouest de votre position actuelle, à une distance d'un demi-mille marin environ.

— Bien joué, on fonce ! s'écrie Tara. C'est peut-être là notre dernière chance de récupérer ma VRAIE voix.

Quelques minutes plus tard, Cal et Tara arrivent au-dessus de l'épave.

— Mon cristal indique que vous approchez du but, leur annonce Moineau qui a positionné leur bateau juste au-dessus d'eux.

— Là, je la vois, s'écrie Cal.

Les cheveux roux d'Aquaphonis l'ont trahie parmi les algues. La sirène s'engouffre dans le bateau, pourchassée par Cal et Tara.

— Qu'elle est belle, quand même ! ne peut s'empêcher de s'extasier Cal tout en nageant.

Tara se contente d'un grognement pour toute réponse, concentrant toute son énergie dans sa poursuite.

La course entraîne les deux plongeurs dans un dédale de couloirs et de coursives immergés, mais leurs pieds palmés ne peuvent rivaliser avec la puissante queue de la sirène. Pourtant, à plusieurs reprises, les Guetteurs ont l'impression d'être sur le point de la rattraper mais, chaque fois, Aquaphonis reprend de l'avance, comme si elle jouait avec eux.

— Elle est maligne, peste Tara, elle nous oblige à faire des tours et des détours pour épuiser nos réserves d'oxygène.

— Et lorsque vous serez obligés de remonter, poursuit Moineau, elle en profitera pour prendre le large. Mais j'ai un nouveau plan à vous proposer : Cal, tu continues de prendre la sirène en chasse pour faire diversion ; toi, Tara, je vais te guider vers un raccourci et tu lui tendras un piège dans un coin de l'épave. Vous êtes prêts ?

— Prêts ! répondent en chœur Tara et Cal.

Moineau indique aussitôt une trappe dans laquelle s'engouffre Tara tandis que Cal nage dans le sillage de la voleuse.

Le raccourci de Moineau n'est autre que la traversée d'une immense cale du navire plongée dans une obscurité quasi totale. Il en faut plus pour impressionner la jeune sortcelière. La voix de Moineau l'oriente, et elle aperçoit bientôt un halo de lumière. La sortie !

Tara pénètre alors dans une seconde cale dont le plafond s'est écroulé, entraînant avec lui une partie du pont du navire, dont une immense grue, et permettant à la lumière de venir jusque-là.

— Mets-toi en planque ! lui crie Moineau. Aquaphonis et Cal seront là d'un instant à l'autre.

Tara se dissimule derrière un gros débris qui bouche une partie de la cale. Elle ferme les yeux le temps de se concentrer. Pourvu que sa magie accepte de fonctionner avec la voix de Madney ! Dans le couloir, Cal réunit ses dernières forces pour s'approcher le plus possible de la voleuse. Celle-ci accélère encore d'un mouvement brusque de la queue. Lorsqu'elle surgit dans la cale, toute son attention est concentrée sur son poursuivant.

— Par le Transformus !

Le sort de Tara effectue une trajectoire parfaite et percute la sirène juste au moment où elle s'engage dans une nouvelle coursive.

— Hourrah !

Satisfaite du résultat, Tara effectue une sorte de danse sous-marine de la victoire.

— Tu l'as eue ? s'inquiète Moineau *via* son cristal.

C'est au tour de Cal de pénétrer dans la cale effondrée. Le spectacle qui l'attend le laisse abasourdi.

— Qu'as-tu donc fait à ma beauté aquatique ? proteste-t-il.

Coincé dans l'embrasure de la porte devenue maintenant trop petite pour le laisser passer, un magnifique cétacé – un béluga portant un talisman bleu – se contorsionne en vain.

Chapitre 6

Le remède miracle

La sirène transformée en baleine ne se débat plus. Cal et Tara en profitent pour s'approcher d'elle lorsqu'un cri résonne dans la cale.

— Cal, tu peux éteindre l'appeau, maintenant, conseille Moineau, sinon vous allez

attirer tous les mammifères marins de la baie.

— Mais il est éteint ! s'étonne le garçon.

— Cal, regarde, qui vient là ! s'exclame Tara.

Essayant de se dissimuler derrière les débris de la grue, une petite sirène regarde la baleine en poussant des cris inquiets.

— Qui est-ce ? demande Moineau, qui ne voit rien de là-haut.

— Mêmes cheveux roux, mêmes yeux verts, constate Cal… C'est la fille d'Aquaphonis ! annonce-t-il sûr de lui.

— La sirène ne mentait pas, conclut Moineau. Sa fille attendait ici pendant qu'elle volait les voix.

Malgré sa métamorphose en béluga, la sirène tente de rassurer sa petite fille, puis elle s'adresse à ses poursuivants.

— Pitié, ne lui faites pas de mal, supplie Aquaphonis, c'est mon unique enfant… Je me rends.

— Nous ne ferons de mal à personne, précise Cal, nous sommes des Guetteurs, pas des Semchanach. Nous voulons juste récupérer ce que vous nous avez volé.
— Entendre ma voix sortir de ce cétacé est assez perturbant, note Tara en grimaçant.
— Pourquoi ? fait semblant de s'étonner Cal, taquin. Je la trouve très bien assortie, au contraire.

Tara hésite à transformer son ami en mérou ou en poisson-clown, mais, heureusement pour Cal, le niveau d'oxygène de leurs bouteilles est au plus bas. Ils doivent se presser de remonter tout ce petit monde à la surface.

Sur le hors-bord, Tara et Cal enlèvent leur combinaison. Aquaphonis a retrouvé sa forme d'origine, mais de solides liens l'enserrent, la privant de toute fuite possible. Sa petite fille est assise à ses côtés. Apeurée, elle n'ose absolument pas bouger.

— Il faut me comprendre, plaide la sirène. Si nous ne chantons pas, nos chances de survie sont quasi nulles face au Grand Orque sur AutreMonde. Ma fille et moi sommes muettes à cause d'une algue mutante qui a détruit nos voix…

Les trois Guetteurs ne savent pas trop quoi lui répondre. Certes, ils ont pitié de ces deux jolies sirènes, mais en même temps ils savent que voler n'est jamais une solution. Dans un monde gouverné par la magie, il en existe toujours d'autres. Moineau n'hésite pas un instant.

— Par le Recuperatus !

Deux jets roses partent de ses mains et rebondissent contre la gorge et le talisman de la sirène. Un premier jet revient vers Tara tandis que le second file au-dessus de la baie en direction de la ville, du côté du Stadium Olympique.

Les paillettes lumineuses ont à peine disparu autour de sa gorge que Tara pousse son premier cri.

— Ma voix !… Ma VRAIE voix est de retour !
— Elle n'est pas la seule, ajoute Cal en désignant le tourbillon de lumière dorée qui vient d'apparaître au-dessus du bateau, annonçant l'arrivée de Maître Chem.
— Bravo, l'équipe Alpha ! tonne leur supérieur de sa voix de dragon. Vous venez d'accomplir une mission qui n'était pas facile, même si toi, Tara, tu as encore quelques progrès à faire.
— Ah ? En quoi ? En plongée sous-marine ? demande la jeune sortcelière.
— Non. En chant, me semble-t-il.

Tara fait comme si elle n'avait pas entendu Cal et Moineau pouffer de rire, et préfère changer de sujet.
— Dites-moi plutôt ce que vont devenir Aquaphonis et sa fille. Nous ne pouvons pas les renvoyer ainsi sur AutreMonde, ce serait criminel !
— Bien sûr que non, répond Maître Chem.

Le dragon fait apparaître une petite fiole entre ses griffes.

— Aquaphonis, gronde le dragon, tu aurais dû venir me voir sur AutreMonde plutôt que de débarquer sur cette planète en voleuse. J'ai analysé l'algue qui vous a rendues muettes, ta fille et toi, et voici l'antidote que j'ai fabriqué grâce à la magie des dragons.

Il verse une goutte du précieux liquide sur chacune des deux têtes, avant de s'emparer délicatement des sirènes avec ses pattes puissantes.

— La potion fera effet d'ici à quelques heures. En attendant, je vous ramène avec moi.

Les trois créatures disparaissent du ciel dans un tourbillon de lumière dorée.

Dans les loges du Stadium Olympique, Madney Speer vit le pire moment de toute sa carrière depuis le début de l'après-midi. Aucun remède n'a fonctionné. Sa voix refuse de revenir. Elle a retardé le moment fatidique le plus longtemps possible, mais à une heure du concert elle doit maintenant aller prévenir tout le monde que le spectacle est définitivement annulé. Au moment où elle ouvre la porte de sa loge, Madney est éblouie par un flash sorti de nulle part. Un nuage de paillettes entoure son visage avant de s'évaporer.

— Il ne manquait plus que ça, se lamente la chanteuse à voix haute, voilà que je vois des étoiles… Mais… Mais… Ma voix ? MA VOIX ! J'ai retrouvé ma voix !

Elle sort en criant et prend la direction de la loge de ses musiciens pour leur annoncer la bonne nouvelle.

Dans la baie de Rosemond, appuyé sur le bord du bateau oscillant au gré d'une mer d'huile, Cal pousse un profond soupir en admirant le magnifique coucher de soleil.

— Dommage que cette sirène soit déjà partie, elle était vraiment magnifique. Quels yeux !

Quelle chevelure flamboyante ! Quel…

— Cal, l'interrompt Tara, le concert est dans moins d'une heure ! Peut-on regagner la terre ferme, s'il te plaît ?

— Pas de soucis, les filles, Caliban à la manœuvre, à fond les gaz ! Direction le port !

Le hors-bord s'élance vers les quais de Rosemond.

Sur le rivage, une autre personne contemple malgré lui la beauté du coucher de soleil.

— Ma sirène ! pleurniche Henri de Lachasse, toujours saucissonné sur le sable. Où est ma sirène ? Je veux ma sirène !

Voici tout ce dont se souvient le collectionneur : une femme, qu'il tenait encordée et dont les jambes se sont transformées en queue de poisson au contact de l'eau, lui a échappé. Il y avait aussi ce trio de jeunes gens étranges, mais l'homme ne parvient pas à se rappeler leur rôle exact dans toute cette histoire. Ce qu'il sait avec certitude, c'est qu'il a laissé partir une sirène. Une SIRÈNE !

Un promeneur marche le long du front de mer. L'homme n'est autre que l'organisateur du casting, M. Mounakian, qui prend l'air après cet après-midi mouvementé et étrange. Il tourne et retourne entre ses mains un contrat signé au nom d'une certaine « Tara Duncan ». Non seulement il n'a aucune idée de qui peut être cette fille, mais en plus il n'a pas le moindre souvenir d'avoir fait signer quoi que ce soit à qui que ce soit aujourd'hui.

— La mer… La plage… Voilà ce qu'il me faut ! Des vacances ! se dit-il.

Il entend alors quelqu'un assis au bord de l'eau et qui pleure après « sa sirène ».

— Il n'y a pas que moi qui sois surmené aujourd'hui. À son âge, croire encore aux sirènes… Pauvre homme !

Son portable vibre dans sa poche. Il le sort et lit le message électronique reçu.

— Mon séjour à Rosemond sera quand même profitable, se réjouit-il.

L'organisateur de la « Nouvelle Étoile » déchire le contrat et le jette dans une poubelle publique, puis hèle un taxi qui passait par là.

— Au Stadium Olympique, s'il vous plaît, indique-t-il au chauffeur en s'installant à l'arrière.

La voiture démarre, laissant Henri de Lachasse seul face à sa nouvelle mésaventure.

Chapitre 7

Showtime

— Attention, Tara, derrière toi. Regarde discrètement, mais ne te retourne pas.

Tara obéit à Moineau. Malgré la foule des fans se pressant autour de la scène du Stadium Olympique, elle reconnaît à quelques mètres

l'organisateur du casting de la « Nouvelle Étoile », venu lui aussi applaudir Madney Speer. Il porte un badge VIP autour du cou.

— Ne t'inquiète pas, Moineau, je lui ai administré un Mintus, il ne se souvient de rien : ni du contrat ni de mon casting. Hélas ! je crois devoir renoncer à devenir un jour la Nouvelle Étoile.

— J'ai l'impression que Sandra n'a pas l'air de vouloir renoncer, elle, dit Moineau en montrant du doigt deux personnes dans la foule.

Tara reconnaît à son tour Sandra Leylock accompagnée de son père. Tous les deux accostent Alan Mounakian avec des mines de conspirateurs. Il y a trop de bruit dans le Stadium Olympique pour que Tara et Moineau puissent entendre ce qu'ils se disent, mais la proposition des Leylock semble fortement irriter M. Mounakian. Lorsque le père de Sandra sort son carnet de chèques, c'en est trop pour l'organisateur de la « Nouvelle Étoile ». Il fait signe aux deux agents de sécurité qui surveillent le bord de scène. Malgré leurs protestations outrées et véhémentes, les Leylock se font fermement raccompagner à la sortie du Stadium Olympique sous les regards hilares de Tara et Moineau.

— Je crois bien que les Leylock viennent de réaliser que le talent ne s'achète pas ! s'esclaffe Moineau.

— Dommage que Cal ne soit pas là pour assister à ça ! regrette Tara. J'ai proposé de lui offrir sa place pour qu'il nous accompagne, mais je crois que cette aventure a fini de le dégoûter définitivement des chansons de Madney.

Moineau se pince les lèvres.

— Je ne suis pas sûre que Cal en ait encore fini avec Madney pour aujourd'hui, dit-elle, les yeux malicieux.

À l'animalerie, Cal fait les cent pas, les mains sur ses oreilles. Et dire qu'il a accepté de remplacer Moineau pour la nocturne du magasin afin ne plus avoir à entendre du Madney Speer ! Mais c'était sans compter le cacatoès, qui depuis une heure braille à tue-tête.

— *J'iraiiiii… où tu voudraaaas… J'iraiiiii… où tu voudraaaas… J'iraiiiii…*

Moineau finit d'expliquer le mauvais tour qu'elle vient de jouer à leur ami.

— J'en avais assez que ce cacatoès répète « Moineau a de grandes dents », donc je lui ai appris « autre chose ».

Les filles explosent de rire en imaginant la tête de Cal. Leur hilarité est interrompue par un déluge de lumière et de musique qui s'abat sur le Stadium Olympique. Les musiciens viennent d'entrer en scène, et les guitares en action. Lorsque Madney apparaît dans sa célèbre tenue rouge rayée de noir, c'est le délire dans la foule. Au plus près de la scène, deux des plus grandes fans entament avec leur chanteuse préférée le fameux refrain : *J'iraiiiii… où tu voudraaaaas…*

FIN

Dans la même collection

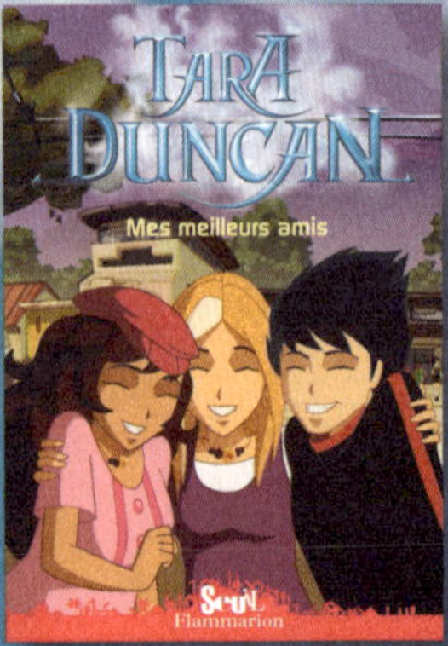

2. **Mes meilleurs amis**

3. **Le Sceptre caché**

4. **La Licorne décornée**

5. **Robin des Elfes**

6. **Ma sortcelière mal aimée**

7. **La soif de l'or**

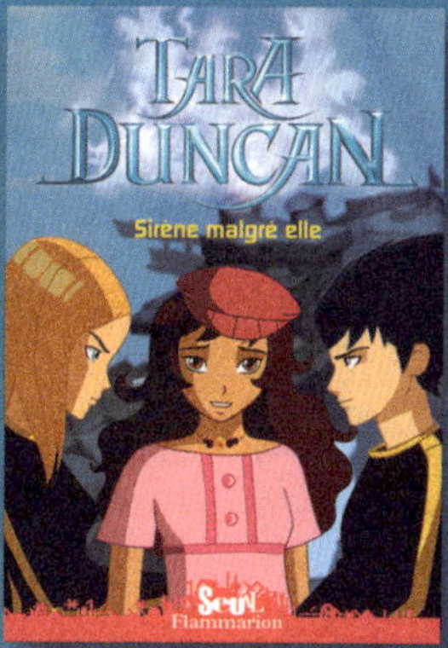

8. **Sirène malgré elle**

9. **Les quatre parchemins**

10. **Le regard de Claire**

Achevé d'imprimer en mai 2011 sur les presses de DEDALO en Espagne
Dépôt légal : octobre 2010